arc-en-ciel
cascade

ISBN 978-2-7002-3202-8 • ISSN 1142-8252

Loi n° 49-956 du 16-07-1949 sur les publications destinées à la jeunesse.

Texte de Pakita
Images de J.-P. Chabot

Jade prépare le carnaval

RAGEOT • ÉDITEUR

Vous connaissez Jade ?

La vie est compliquée pour elle car elle ne sait jamais quoi **choisir** !

En classe, quand la maîtresse nous dit :

– Bravo ! Vous avez bien travaillé ! Pour vous récompenser, je vous propose deux ateliers : dessin ou lecture.

On **choisit** aussitôt une activité. Tous sauf Jade.

Parce que dans la tête de Jade, c'est le gros bazar ! Elle pense : « Si je **choisis** dessin, je ne peux pas lire, et si je lis, je ne peux pas dessiner. Si, pendant que je dessine, j'ai aussi envie de lire, je ne serai pas contente de dessiner mais si je… »

Jade réfléchit si fort qu'on voit de la **fumée** sortir de ses oreilles !

À la récré, c'est la même chose.

Par exemple, l'autre jour, Théo a demandé à Jade :

– Jade, tu viens jouer aux espions avec Agathe et moi ?

Jade allait dire oui quand Coralie est arrivée.

– Zoé a un super élastique, Jade, tu nous rejoins ?

Et là, les oreilles de Jade ont commencé à **fumer !**

Jade a répondu :

– Je suis d'accord pour jouer aux espions mais…

– Tu voudrais aussi jouer à l'élastique, c'est ça ? a compris Théo qui connaît bien Jade.

– Oui ! Oh là là, c'est difficile de **choisir !** Je n'y arriverai jamais.

On s'est regardés. C'est sûr, **choisir** est un VRAI problème pour Jade. Tout le temps.

Le midi, au self, c'est pareil, on a le **choix** entre deux desserts.

S'il y a crème **vanille** OU crème **chocolat,** Jade devient toute rouge. On l'entend penser : « **Vanille ? Chocolat ?** Si je prends la **vanille,** je ne mange pas de **chocolat** et si je **choisis** le **chocolat...** »

C'est simple, pour Jade, il faudrait de la crème **vanicolat !** Hi hi !

La semaine dernière, Betty, notre professeur de dessin anglaise, nous a dit avec son accent qui chante :

On s'est levés en criant :

– Carnaval ! Trop génial ! On va tous se déguiser !

On sautait sur nos chaises tellement on explosait de joie.

Puis Betty nous a calmés et nous a expliqué :

– Il rester oune semaine pour fabriquer la déguisement alors il faut **choisir** maintenant.

– Moi, je serai **un chevalier très fort !** a commencé Charles.

– Et moi, **la plus jolie des fées !** a dit Coralie en dansant.

– Et moi, je voudrais bien être **le petit chaperon rouge !** j'ai annoncé.

– Alors moi, je serai **le grand méchant loup,** comme ça je te mangerai avec mes grandes dents, miam miam miam ! a lancé Maxime (qui a toujours faim) en se léchant les babines.

On a éclaté de rire !

Tout le monde a **choisi.** Enfin… presque !

– Et toi Jade ? Qu'as-tou **choisi ?** a demandé Betty.

Vous imaginez la tête de Jade ? Vous voyez la **fumée** qui sort de ses oreilles ? Jade a regardé ses pieds sans répondre.

– Jade n'a pas d'idée, qui veut l'aider ? a dit Betty.

Mais Betty se trompait ! Jade avait beaucoup TROP d'idées au contraire et elle ne savait pas laquelle **choisir.**

– Tu peux être
une sorcière !
– Une princesse !
– Un papillon !
– Une fleur !
– Tu peux être
une sirène !
– Une policière !
– Une piratesse !

– Un singe !
– Hum hum… Ça souffit, je crois, a dit Betty. Grâce à vous, Jade va se décider ! Jade, j'écoute toi !

Mais, dans la tête de Jade, c'était la maxi-catastrophe. **Choisir** entre deux choses, c'est déjà difficile, alors entre mille choses !

– C'est que je… euh… je voudrais bien être euh…, mais aussi… euh… Et pourquoi pas… Je…

J'ai eu peur que Jade pleure et j'ai expliqué :

– Betty, Jade n'arrive jamais à **choisir** !

– C'est très gros problème, a dit Betty. Quelqu'un a oune autre idée pour Jade ?

– Tu n'as qu'à **choisir** à sa place, Betty ! s'est écrié Tom.

– Impossible. À carnaval, tu fais ce qui plaît à toi !

– Alors j'ai le droit de ne pas me déguiser ? a demandé Jade.

– Oui ! Mais c'est beaucoup dommage, a répondu Betty.

Comme Jade n'arrivait pas à **choisir,** elle préférait ne pas **se déguiser!** C'était triste, mais Betty a déclaré :

– Et maintenant, vite, tout le monde à le travail!

Quand Betty a ouvert la porte de l'armoire, tout est tombé sur elle! Des **rouleaux de carton,** des **flacons de peinture,** des **pinceaux...**

... du **crépon,** des **papiers de couleur,** des **feutres...**

Hi hi ! Betty était assise par terre au milieu du matériel.

C'était un vrai fouillis de carnaval ! Elle riait alors nous, on a ri avec elle. On a tout ramassé et puis on a commencé à dessiner, à découper, à coller...

– Agathe, je peux t'aider ? a demandé Jade.

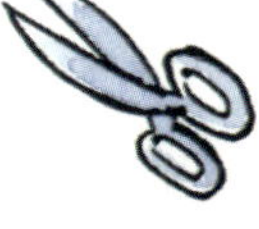

– Jade, tu es sûre que tu ne veux pas te déguiser ? j'ai dit.

Mais Jade a préféré plier le crépon **rouge** pour faire **mon chaperon.**

– Jade, tu m'aides à coller les oreilles de mon masque de **renard ?** a demandé Félix.

– Au secours Jade ! Tu peux dessiner les losanges de **mon arlequin ?** s'est écriée Zoé.

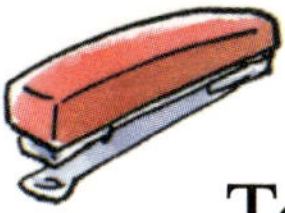

Toute la semaine, on a bien travaillé, surtout Jade qui courait partout pour nous aider.

– Je serai **la plus belle des fées,** a dit Coralie en nous montrant son chapeau à paillettes.

– Et moi, **le plus horrible des crapauds,** a dit Tom en collant de gros yeux sur son front.

– Et grâce à toi Jade, il fera beau demain, a dit Marie en mettant **son masque de soleil.**

Et ce matin, c'était le début du carnaval. On avait rendez-vous dans la classe avant de défiler dans les rues. Il y avait des **chevaliers,** des **fantômes,** des **fées,** des **princesses,** notre maîtresse en **Pierrot,** un **soleil...** Et moi en **petit chaperon rouge!** Tout à coup, Tom a crié :

– Où est Jade ?

Juste à ce moment-là, Jade est entrée. Enfin, ce n'était plus tout à fait Jade ! Elle portait une couronne de **reine** avec des ailes de **papillon** et un corps de **coccinelle.**

– Mais tu es déguisée en quoi ? a demandé **Chloé-girafe.**

Jade a répondu en éclatant de rire :

– Tu as **choisi** les trois à la fois! on a crié. C'est une super idée! Et si on mélangeait nos déguisements?

Et c'est ce qu'on a fait! Je suis devenue le **chaperon-valier,** Chloé une **gira-fantôme,** Coralie une **fée-soleil,** Marie une **fleur-sorcière.** C'était génial!

Betty, déguisée en pinceau géant, nous a dit :

– Il faut descendre. C'est l'heure de la défilé.

Dans la cour, Léonard, qui était déguisé en extraterrestre préhistorique, a crié :

– Regardez !

On s'est retournés. Ça alors, monsieur Lecornu, le directeur, était déguisé en énorme bonbon !

Pendant le grand défilé du carnaval, il y avait plein de gens qui nous applaudissaient.

On a dansé comme des fous sur la musique. Et, à un moment, surprise ! Théo qui était déguisé en **kangou-clown** a sorti de sa poche des milliers de confettis. On en avait partout dans les cheveux, dans le cou et même dans les chaussettes !

La **maîtresse-Pierrot** nous a dit qu'elle n'avait jamais vu des **costumes** aussi originaux.

Oups ! J'ai mal au ventre ! Jade était si fière qu'on ait aimé son idée que pour fêter ça, elle et moi, on n'a pas **choisi** entre crêpe et beignet, on a mangé les deux !!!

Allez bonne nuit, les amis !

L'école d'Agathe

Achevé d'imprimer en France en novembre 2007
par I.M.E. - 25110 Baume-les-Dames
Dépôt légal : janvier 2008
N° d'édition : 4631 - 01